Les samouraïs

ASHIDA

Le terrible Seigneur de guerre n'a de cesse de détruire l'équilibre de la nature. Pour arriver à ses fins, il transforme d'inoffensifs animaux de la forêt en soldats samouraïs dénués de conscience. Son armée ne craint qu'une chose : les Mini Ninjas, qui libèrent les pauvres animaux de leur armure magique en appuyant sur leur point Kuji.

SHOKO

Shoko est aux ordres d'Ashida, son grand-père. La petite-fille du Seigneur de guerre s'est juré de l'aider à conquérir le monde ; et pour cela, elle ne recule devant rien. Toutefois, le vieil homme sans cœur n'a aucune considération pour elle, ce qui attriste profondément la jeune fille.

KITSUNE

Cet homme servile fait office de valet auprès d'Ashida. Il tente de combler le moindre de ses désirs, mettant constamment de côté sa fierté et accumulant les gaffes.

Adapté de l'épisode « L'armure de Kuro Zawa », écrit par G. Enard.

Loi n° 49-956 du 16 juillet 1949 sur les publications destinées à la jeunesse,
modifiée par la loi n° 2011-525 du 17 mai 2011.
Dépôt légal : juin 2016.
Imprimé en Serbie.

Direction générale : Gauthier Auzou.
Responsable éditoriale : Agathe Lème-Michau.
Conception graphique : Pierrick Fortier.
Mise en pages : Nicolas Galy pour NoOok.
Responsable fabrication : Jean-Christophe Collett.
Fabrication : Virginie Champeaud.
Relecture - correction : Capucine Jahan.

mini ninjas

L'ARMURE MAGIQUE

Adaptation de Katherine Quénot

AUZOU

Perché sur un piton rocheux au plus profond de la forêt, le temple Tomifu Shirome n'a pas reçu de visiteurs depuis bien longtemps... Il est en ruine et presque tout le monde a oublié son existence... mais pas la terrible Shoko !

Elle y a d'ailleurs envoyé l'un de ses samouraïs-volants afin qu'il lui rapporte la preuve que la célèbre armure magique de Kuro Zawa s'y trouve. Mission accomplie ! Le samouraï revient avec la bannière portant le symbole de cette puissante armure. Ce n'est pas l'armure elle-même, mais c'est tout comme, n'est-ce pas ?

Justement, le grand-père de Shoko, Ashida, est en train d'essayer des armures que lui tend Kitsune. Le vieillard disparaît complètement à l'intérieur des casques...

— Trop grand ! s'emporte-t-il en jetant celui qu'il vient d'enfiler à la tête de son domestique.

Apercevant sa petite-fille qui entre dans la salle de guerre, il s'apprête à passer sa colère sur elle, quand il remarque la bannière qu'elle tient à la main...

— L'emblème du temple Tomifu Shirome ? Tu l'as trouvé, Shoko ?

La fillette s'incline fièrement. Pour une fois, son grand-père est obligé de l'admirer !

— Et l'armure de Kuro Zawa, où est-elle ? interroge le Seigneur de guerre, les yeux luisants de convoitise.

— Il ne nous reste plus qu'à aller la chercher.

— Eh bien, qu'est-ce que tu attends ?!

Loin de la Forteresse, au cœur des Gorges Secrètes, les Mini Ninjas et leur Maître dorment du sommeil des justes, quand le Vénérable est réveillé par un éclair d'énergie Kuji. **BOUM !** Le casque de samouraï qui était suspendu à la tête de son lit dégringole. **BADABOUM !** Il tombe dans le passage qui conduit à l'étage en dessous, où dorment ses élèves, et atterrit pile sur la tête de Hiro.

Celui-ci se réveille en sursaut et se redresse comme un ressort. Chouette ! Il a toujours rêvé d'essayer ce casque !

— Tremblez devant le grand samouraï, misérables ninjas ! s'exclame-t-il en réveillant ses amis.

Tandis que Hiro fait le clown, le Vénérable Maître descend dans sa nacelle pour les rejoindre. De surprise, le Mini Ninja en perd son casque, qui rebondit dans un seau rempli de cendres.

Après avoir récupéré l'objet noirci, le Maître réunit ses élèves sur le tatami.

– La légende raconte que l'armure de Kuro Zawa est invincible. Si ce casque est tombé, c'est sûrement le signe qu'Ashida est sur le point de s'en emparer en espérant l'utiliser dans son armée !

– Il faut tout de suite aller au temple de… euh… Tomiro Chiffonné ! s'écrie Futo.

– Tomifu Shirome, rectifie le Vénérable. Oui, Futo ! Et puisque tu t'intéresses tant à ce casque, Hiro… ajoute-t-il en se tournant vers le petit ninja, tu vas l'astiquer !

Heureusement, Suzume et Futo lui proposent de l'aider à leur retour.

Les voilà bientôt avec Fox en train de sauter comme des cabris jusqu'au temple, perché en haut de centaines de marches !

En pénétrant à l'intérieur, les Mini Ninjas ouvrent des yeux émerveillés. D'antiques armures de samouraïs se dressent de chaque côté du passage !

– Comment va-t-on reconnaître l'armure magique ? demande Hiro.

Alors que les Mini Ninjas réfléchissent, quelqu'un les observe discrètement… Shoko !

Soudain, Hiro a une idée géniale.

— Celui qui trouve l'armure ne sera pas de corvée de nettoyage, d'accord ?

Ses deux amis acceptent aussitôt car, comme Hiro, ils sont persuadés qu'ils vont gagner. **ZOU !** Ils partent en courant dans des directions opposées : que le meilleur gagne ! Le premier, Hiro trouve une armure qui est sûrement celle de Kuro Zawa, car elle étincelle.

— Tu es drôlement brillante, toi ! glousse le jeune ninja en lui donnant une petite tape amicale.

Erreur ! C'est une armure enchantée et elle n'apprécie pas la familiarité ! Elle commence à s'animer... Hiro réagit en se mettant en garde. À sa grande surprise, l'armure fait de même. Le Mini Ninja lève le bras, le baisse, le relève... Son adversaire de métal l'imite ! Éclatant de rire, Hiro lui fait un pied de nez, mais voilà que l'armure s'énerve ! Après avoir envoyé le garçon au tapis d'un balayage du pied, elle commence à lui décocher des shurikens. Sauve qui peut ! Les shurikens sont des étoiles de métal tranchantes qui peuvent faire très mal !

Tirant promptement son épée de bois, Hiro les arrête tout en battant en retraite, mais l'armure-shurikens se lance à sa poursuite...

De son côté, Futo pense lui aussi avoir trouvé l'armure de Kuro Zawa ! Celle-ci est équipée d'un énorme marteau, semblable au sien.

— Un copain amateur de marteau ! s'écrie le grand ninja, ravi, en touchant l'arme.

À sa grande surprise, l'armure résiste, et lève son marteau ! Rapide comme l'éclair, Futo le bloque de justesse avec le sien, avant de s'enfuir en vitesse.

Au même moment, Suzume déniche aussi « son » armure de Kuro Zawa : celle-ci tient une flûte !

À la stupeur de la fillette, l'armure porte l'instrument à sa bouche et se met à jouer.

Ravie, Suzume sort la sienne pour l'accompagner. Mais c'est une flûte magique, comme la sienne ! Une branche de lierre s'enroule autour des chevilles et des poignets de la fillette et, une seconde plus tard, elle est suspendue en l'air, prisonnière… Satisfaite, l'armure s'éloigne.

Mais le pire, c'est que Shoko, un sourire mauvais aux lèvres, s'approche de la ninja…

Hiro a enfin réussi à semer son poursuivant, lorsqu'un nouvel ennemi s'approche dans l'ombre.

— Qui es-tu ? Réponds ! hurle le Mini Ninja.

— Chut, tu vas nous faire repérer ! le conjure une voix familière.

Ouf, ce n'est que Futo ! Mais derrière lui se profile une autre armure, brandissant un énorme marteau. Toute fuite est inutile, car l'armure-shurikens arrive de l'autre côté ! Brusquement, Futo s'énerve. Et quand il s'énerve, il devient « marteau » ! Levant son arme chérie, il bloque toutes les étoiles de fer que l'armure-shurikens leur décoche, écarte le deuxième ennemi d'un bon coup de marteau, attrape Hiro par le col et s'enfuit en courant avec lui.

— Le vrai ninja ne fuit pas le danger ! proteste Hiro.

Deux secondes plus tard, les deux amis sont sortis du temple, sains et saufs.

— Le vrai ninja est toujours plus rapide ! rectifie Hiro.

C'est alors qu'une voix sifflante fuse… Shoko les a rejoints !

— Écoutez, les Mini Minus, si vous ne me conduisez pas immédiatement devant l'armure de Kuro Zawa, cette jolie ninja ne jouera plus jamais de flûte !

D'un geste, la samouraï fait signe à ses soldats de s'écarter. Hiro et Futo poussent un cri : Suzume est prisonnière !

Enfin… Sauf s'ils la délivrent ! Ils sont seulement deux, mais ils sont les Mini Ninjas, après tout ! Hiro bloque avec son épée de bois la lame du premier samouraï qui se présente et Futo se prépare à faire valdinguer le suivant quand, soudain, celui-ci s'immobilise…

— Qu'est-ce que tu attends ? gronde le grand ninja.

En entendant un bruit de pas derrière lui, Futo s'écarte d'un bond. Les deux armures qui poursuivaient les Mini Ninjas déboulent du temple. En un instant, elles envoient tous les samouraïs qui les menaçaient par terre…

Puis, les deux mastodontes s'attaquent à Hiro et Futo. Mal leur en prend ! Les Mini Ninjas sont aussi vifs que malins ! ***BING !*** L'armure-shurikens reçoit le coup de marteau que son acolyte leur destinait et s'effondre en se disloquant.

L'autre relève aussitôt son arme, mais Futo esquive au dernier moment. ***BLAM !*** Le marteau vient heurter une colonne si violemment qu'une grosse pierre se détache du temple et lui tombe sur la tête. Et une armure de plus transformée en tas de ferraille !

Hélas, la victoire des Mini Ninjas est de courte durée. Futo reçoit à son tour une pierre sur la tête, et profitant que Hiro se porte au secours de son ami assommé, Shoko fait prisonniers les deux ninjas.

Mais tout à coup, ***CRITCH-CRITCH-CRITCH***... les morceaux des deux armures se mettent à ramper les uns vers les autres ! Petit à petit, ils se rassemblent et s'unissent pour former une armure géante ! Levant l'un de ses quatre bras, elle se prépare à abattre son marteau sur Shoko.

— À l'attaque ! hurle la guerrière.

Alors que les samouraïs se font envoyer au tapis les uns après les autres, Hiro appelle Fox et fusionne avec lui. Dans la peau du renard… il est donc libre ! Il ne lui reste plus qu'à défusionner et le tour est joué ! ***HOP***, il délivre Futo et Suzume !

Il était temps ! Après s'être débarrassée de Shoko, l'armure géante se retourne à nouveau contre eux. Vu la taille de leur adversaire, la solution ninja est de... déguerpir !

Les Mini Ninjas s'engouffrent à l'intérieur du temple mais, il fallait s'y attendre, l'armure magique s'élance à leur poursuite... Au détour d'une cour, elle se retrouve devant Suzume, qui joue seule de la flûte au bord d'un puits.

Le monstre se précipite vers elle quand, au dernier moment, la fillette saute sur le côté. Profitant de son élan, Futo envoie alors leur adversaire dans le puits ! Ils sont sauvés !

— Tu as raison, Suzume, la musique, c'est plus fort que tout ! plaisante le grand ninja.

Mais où est passé Hiro ? En fait, le ninja est lui aussi tombé dans l'un des nombreux puits que dissimule le temple. Mais quand il se relève, quelle surprise : l'armure de Kuro Zawa est devant lui ! La vraie, cette fois-ci... Il la reconnaît, car elle est dorée et sur son plastron est gravé un symbole magique.

Il s'approche pour l'examiner, quand Shoko l'attrape par le poignet et l'envoie valser. Elle aussi est tombée dans le puits, en poursuivant les Mini Ninjas.

— L'armure de Kuro Zawa est à moi, rien qu'à moi ! triomphe la petite-fille d'Ashida.

Dans un élan de joie, elle enlace l'armure... qui la saisit à son tour pour ne plus la lâcher !

— Enlève tes sales pattes de là, espèce de grosse boîte de conserve ! piaille Shoko.

Tandis que la fillette se débat, Hiro fait une découverte incroyable : l'armure porte une inscription au sens très inattendu... Pourquoi le Maître ne leur a-t-il rien dit ?

Peu après, Hiro retrouve ses amis dans la cour où gisent toujours les samouraïs de Shoko.

— On devrait en profiter pour les libérer ! décide Hiro.

Pour une fois, appuyer sur le point Kuji des samouraïs est un jeu d'enfant ! Bientôt, tous les lapins qui étaient enfermés dans les corps des samouraïs s'éparpillent joyeusement.

— Et l'armure de Kuro Zawa ? On ne l'a toujours pas trouvée ! s'exclame Suzume.

Hiro secoue la tête.

— Cette armure n'a jamais existé. C'est une légende, annonce-t-il.

Laissant derrière eux Shoko qui va mettre un certain temps à se délivrer, les Mini Ninjas prennent le chemin du retour.

— Hé, au fait, l'armure géante, vous l'avez semée ? demande Hiro.

— Oui, ne t'inquiète pas : en voilà une que tu n'auras pas à astiquer ! répond Futo en riant.

Une fois au Ninja Raft, les trois amis s'empressent de raconter leurs aventures au Vénérable Maître.

— L'inscription dit que cette légende d'armure invincible est une invention de Tomifu... ri... foufou, raconte Hiro.

— Tomifu Shirome ! rectifie le Maître en riant. C'était un grand magicien et un incorrigible blagueur. L'armure de Kuro Zawa est en réalité un piège pour attirer les gens avides de pouvoir dans le temple !

— Je connais des blagues plus marrantes que ça, remarque Futo, en repensant aux épreuves qu'ils ont traversées.

— En parlant de blague, tu n'as pas fini d'astiquer ce casque, Hiro ! remarque le Maître. Je veux le voir briller comme une armure dorée !

Pauvre Hiro ! Lui aussi connaît des blagues plus drôles ! En plus, ses amis avaient promis de l'aider. S'il y avait une justice, on devrait plutôt lui décerner la médaille du vrai ninja, car après tout, c'est lui qui a découvert le pot aux roses !

FIN

mini ninjas
VIS DES AVENTURES NINJAS EN DVD !
mini ninjas
LA VOIE DU MINI NINJA
mini ninjas
LES SECRETS DE LA MAGIE KUJI
ÉGALEMENT DISPONIBLES EN VOD AVEC
VOD MYTF1
TFOU VIDÉO
Basé sur le jeu vidéo « MINI NINJAS » créé par IO et distribué par SQUARE ENIX. Avec la participation du CNC. Avec le soutien de la Région Poitou-Charentes. © TF1 Production – Cyber Group Studios – Enanimation – RTBF (OUFtivi). Contenu et conception graphique © 2016 TF1 VIDEO.

VIS DE GRANDES AVENTURES AVEC LES MINI NINJAS !

DE REDOUTABLES SAMOURAÏS

L'ESPRIT LÉGENDAIRE

UNE EFFROYABLE TRANSFORMATION

LE DOUBLE MALÉFIQUE

UN RÊVE ÉTRANGE

Les Mini Ninjas

TORA

Tora est convaincu d'être un tigre depuis son plus jeune âge, lorsque le Maître Ninja l'a découvert enfermé dans une cage ! Il marche à quatre pattes et feule comme un félin !

KUNOICHI

La plus jeune des Mini Ninjas est très attachée à Hiro et Suzume, qu'elle adore ! Acrobate hors pair, elle manie sa lance en bambou avec une précision impressionnante.

SHUN

Il est l'inventeur du groupe. C'est à lui que les Minis Ninjas doivent notamment le Ninja Raft. Mais tel un vrai ninja, il peut vaincre ses ennemis sans leur laisser le temps de réagir.